SUCCESSION DE M. BIARD

TABLEAUX

ÉTUDES — AQUARELLES — DESSINS

OEUVRES

DE M. BIARD.

EXPOSITIONS :

LE DIMANCHE 21 JANVIER 1883

PARTICULIÈRE	PUBLIQUE
de 1 h. à 3 h. 1/2.	de 3 h. 1/2 à 5 h. 1/2.

Me PAUL COUTURIER	M. A. BLOCHE
COMMISSAIRE-PRISEUR	EXPERT
9, boulevard des Italiens, 9.	44, rue Laffitte, 44.

IMPRIMERIE DE L'ART

CATALOGUE

DES

OEUVRES

DE M. BIARD

TABLEAUX

ÉTUDES, AQUARELLES, DESSINS

DONT LA VENTE AURA LIEU

PAR SUITE DE SON DÉCÈS

HOTEL DROUOT, SALLE N° 5

Les Lundi 22 et Mardi 23 Janvier 1883

A DEUX HEURES

COMMISSAIRE-PRISEUR	EXPERT
Me PAUL COUTURIER	M. A. BLOCHE
9, boulevard des Italiens, 9	44, rue Laffitte, 44

EXPOSITIONS LE DIMANCHE 21 JANVIER 1883

PARTICULIÈRE	PUBLIQUE
de 1 heure à 3 heures 1/2	de 3 heures 1/2 à 5 heures 1/2

CONDITIONS DE LA VENTE

Elle sera faite au comptant.

Les adjudicataires payeront *cinq pour cent* en sus des enchères.

LE CATALOGUE SE DISTRIBUE

à Paris, chez
Mc Paul Couturier, commissaire-priseur,
9, boulevard des Italiens, 9 ;

M. A. Bloche, expert,
44, rue Laffitte, 44.

A Londres, chez M. G. Donaldson, 106, New Bond Street.

Paris. — Imprimerie de l'Art, J. Rouam, imprimeur-éditeur,
41, rue de la Victoire, 41.

DÉSIGNATION

TABLEAUX

1 — *La Veuve du Malabar.*

Selon la coutume indienne, le grand prêtre conduit lui-même la veuve au bûcher ; il la couvre de fleurs que lui présente un esclave et sur son passage la victime distribue aux hommes et aux femmes qui l'accompagnent ses plus précieux joyaux.

Composition de douze figures, grandeur naturelle.

Œuvre des plus importantes dans l'œuvre de Biard.

Haut., 2 m. 66 cent.; larg., 3 m. 56 cent.

2 — *Gulliver chez les Géants.*

Composition importante de plantes, de fleurs et d'animaux.

Haut., 2 m. 66 cent.; larg., 3 m. 56 cent.

3 — *L'Hospice des folles.*

Composition de nombreux personnages dans laquelle le peintre s'est plu à retracer avec beaucoup de vérité des types de folles.

Haut., 1 m. 59 cent.; larg., 2 m. 8 cent.

4 — *Bombardement de Bomarsund.*

Forteresse russe située dans l'île d'Aland.

Cette forteresse dont la construction avait demandé plus de vingt ans venait à peine d'être achevée lorsqu'elle fut bombardée et détruite en 1854 par la flotte anglo-française.

Haut., 1 m. 67 cent.; larg., 2 m. 25 cent.

5 — *Le Dévouement de Pleville.*

Haut., 2 mètres; larg., 1 m. 67 cent.

6 — *La Pêche chez les sauvages de la tribu des Mondurukus (Bassin des Amazones).*

Haut., 1 m. 27 cent.; larg., 1 m. 95 cent.

7 — *Les Naufragés à la Nouvelle-Zélande.*

Haut., 1 m. 31 cent.; larg., 1 m. 61 cent.

8 — *Portrait de Madame la marquise de B. T.*

Haut., 1 m. 58 cent.; larg., 1 m. 96 cent.

9 — *Portrait de Madame R.*

Haut., 1 m. 53 cent.; larg., 1 m. 80 cent.

10 — *Dévouement de Casa Bianca.*

> Capitaine de vaisseau français, commandant le vaisseau *l'Orient*, est mortellement bl.ssé à la bataille d'Aboukir. Il adjure ses marins de laisser le vaisseau sauter plutôt que de se rendre. Ceux-ci lui répondent par des acclamations enthousiastes (1798).

Haut., 1 m. 63 cent.: larg., 1 m. 96 cent.

11 — *Sibylle de Merian.*

Haut., 1 m. 63 cent.; larg., 2 m. 12 cent.

12 — *Femmes de la tribu des Mondurukus se livrant à la pêche dans le fleuve des Amazones.*

Haut., 1 m. 60 cent.; larg., 1 m. 91 cent.

13 — *Embarquement des esclaves à bord d'un négrier.*

Haut., 1 m. 64 cent.: larg., 2 m. 27 cent.

14 — *Capture d'un négrier par un navire de guerre français.*

Haut., 1 m. 59 cent.; larg., 2 m. 25 cent.

15 — *Dévouement du capitaine Lacrosse.*

Haut., 1 m. 29 cent.: larg., 1 m. 93 cent.

16 — *Dévouement de l'enseigne de vaisseau Bisson.*

Chargé de commander un brick pris sur les Turcs par l'amiral de Rigny et qui allait être repris, Bisson se fait sauter avec son équipage plutôt que de se rendre (6 novembre 1827).

Haut., 1 m. 27 cent.; larg., 1 m. 92 cent.

17 — *Naufragés au Spitzberg.*

Haut., 1 m. 30 cent.; larg., 1 m. 97 cent.

18 — *Hudson abandonné par son équipage.*

Henry Hudson, célèbre navigateur, est abandonné avec son fils et quelques matelots au milieu des glaces, par son équipage révolté (1611).

Haut., 1 m. 28 cent.; larg., 1 m. 96 cent.

19 — *La Liseuse.*

Haut., 1 m. 90 cent.; larg., 1 m. 62 cent.

20 — *Un Chasseur au repos.*

Haut., 1 m. 30 cent.; larg., 1 m. 95 cent.

21 — *Mammouth sur les bords de la Léna.*

Haut., 1 m. 91 cent ; larg., 1 m. 48 cent.

22 — *Les Émigrants chez les sauvages.*

Haut., 1 mètre ; larg., 1 m. 33 cent.

23 — *Ours blanc au Spitzberg.*

Haut., 87 cent.; larg., 1 m. 30 cent.

24 — *Pirates à l'affût.*

Pour s'emparer, par surprise, d'un bâtiment en vue, les pirates donnent à leur vaisseau l'apparence d'un navire de commerce portant des passagers.

Haut., 87 cent.; larg., 1 m. 28 cent.

25 — *Une Veillée dans les caves, à Sanois.*

Haut., 97 cent.; larg., 1 m. 27 cent.

26 — *Le plus choyé.*

Haut., 81 cent.; larg., 1 mètre.

27 — *Il va tomber.*

Haut., 85 cent.; larg., 1 m. 13 cent.

28 — *Invasion de moustiques à bord.*

Haut., 86 cent.; larg., 1 mètre.

29 — *Les Honneurs partagés.*

Haut., 46 cent., larg., 61 cent.

30 — *Compartiment des dames seules.*

Haut., 60 cent.; larg., 75 cent.

3**1** — *Un Wagon américain.*

Haut., 65 cent.; larg., 54 cent.

3**2** — *Le Tour du propriétaire.*

Haut., 46 cent.; larg., 55 cent.

33 — *Le Mal de mer.*

Haut., 46 cent.; larg., 61 cent.

3**4** — *Poste restante.*

Haut., 38 cent.; larg., 46 cent.

35 — *Les Convives en retard.*

Haut., 48 cent.; larg., 46 cent.

36 — *Les Honneurs partagés.*

Haut., 38 cent.; larg., 46 cent.

3**7** — *La Demoiselle à marier.*

Haut., 38 cent.; larg., 46 cent.

38 — *Un Peintre classique.*

Haut , 38 cent.; larg., 46 cent.

3**9** — *Le Coiffeur de Madame.*

Haut., 27 cent.; larg., 35 cent.

40 — *Un Harem.*

Haut., 46 cent.; larg., 61 cent.

41 — *Un Harem au bord de la mer.*

Haut., 35 cent.; larg., 60 cent.

42 — *Gendarmes pris au piège.*

Haut., 38 cent.; larg., 46 cent.

43 — *Le Gros Péché.*

Haut., 38 cent.; larg., 46 cent.

44 — *Appartement à louer.*

Haut., 38 cent ; larg., 46 cent.

45 — *Les Collégiens en promenade.*

Haut., 38 cent.; larg., 46 cent.

46 — *Portrait de Sa Majesté Don Pedro II,
empereur du Brésil.*

Haut., 33 cent.; larg., 45 cent.

47 — *Portrait de Sa Majesté l'impératrice du
Brésil.*

Haut., 33 cent.; larg., 45 cent.

48 — *Portrait des Jeunes Princesses du Brésil.*

Haut., 33 cent.; larg., 45 cent.

49 — *Le Santon en prière.*

Haut., 33 cent.; larg., 45 cent.

50 — *L'Auteur prenant un croquis dans la baie Madeleine (Spitzberg).*

Haut., 33 cent.; larg., 45 cent.

51 — *Sauvages Mondurukus.*

Haut., 33 cent.; larg., 45 cent.

52 — *Aurore boréale au Spitzberg.*

Haut., 23 cent.; larg., 33 cent.

53 — *Le Simoun.*

Haut., 23 cent.; larg., 33 cent.

54 — *École turque à Alger.*

Haut., 23 cent.; larg., 33 cent.

55 — *Forêt vierge.*

Haut., 23 cent.; larg., 33 cent.

56 — *La Chute du Niagara.*

Haut., 23 cent.; larg., 33 cent.

57 — *Wagon américain.*

Haut., 23 cent.; larg., 33 cent.

58 — *Intérieur de tente en Laponie.*

Haut., 23 cent.; larg., 33 cent.

59 — *Scène de grand chemin en Espagne.*

Haut., 23 cent.; larg., 33 cent.

6o — *Vente d'esclaves à Tunis.*

Haut., 23 cent.; larg., 33 cent.

61 — *Une Chasse à l'ours blanc.*

Haut., 23 cent.; larg.. 33 cent.

62 — *Un Rendez-vous au Groënland.*

Haut., 23 cent.; larg., 33 cent.

63 — *Un Bras de l'Amazone.*

Haut., 23 cent.; larg., 33 cent.

64 — *Portrait en pied, grandeur naturelle, de
S. M. don Pedro II, empereur du
Brésil, revêtu du grand costume impé-
rial.*

Haut., 3m,10 ; larg., 1m,8o.

ÉTUDES

65-80 — *Types espagnols et sauvages.*

Vingt-sept études.

81-82 — *Les Naufragés au Spitzberg.*
Un Campement arabe.
La Chute du Niagara.
Vue prise sur les côtés du Spitzberg.

Quatre études.

83-95 — *Têtes d'Indiens et de femmes sauvages.*

Quarante et une études.

96-105 — *Paysages.*

Trente-cinq études.

106 — *Projets de panorama.*
Vue d'Alexandrie.
La Baie Madeleine au Spitzberg.
Forêts vierges.

Quatre études.

DESSINS & AQUARELLES

ALBUMS

107-127 — *Vues prises en Finlande.*

Soixante dessins et aquarelles.

128-150 — *Types et vues de Finmark.*

Soixante dessins et aquarelles.

151-169 — *Types et vues de Suède et du golfe de Bothnie.*

Soixante dessins et aquarelles.

170-179 — *Vues de France, de Hollande et du Danemark.*

Vingt-cinq dessins et aquarelles.

180-210 — *Types et vues de la Norwège.*

Soixante dessins et aquarelles.

211-222 — *Types et vues des côtes de Norwège et de Finmark.*

Quarante dessins et aquarelles.

223-234 — *Types et vues de la Suède, côtes de la mer du Nord.*

Trente dessins et aquarelles.

235-250 — *Types et vues de la Laponie.*

Soixante-quinze dessins et aquarelles.

251-280 — *Animaux et vues du Spitzberg et de l'île aux Ours.*

Soixante-dix dessins et aquarelles.

281-330 — *Types, vues et paysages d'Orient.*

Quatre cents dessins et aquarelles.

331-380 — *Types, vues et paysages d'Espagne, d'Italie, de Grèce, de France et d'Angleterre.*

Quatre cents dessins et aquarelles.

Nota. — Ces dessins et aquarelles seront vendus séparément et par lots.

MIRE ISO N° 1
NF Z 43-007
AFNOR
Cedex 7 - 92080 PARIS-LA-DÉFENSE

37.98.89.70
graphicom

BIBLIOTHEQUE NATIONALE DE FRANCE

****

CHATEAU DE SABLE

1996